LA FATA DEL

Scritto e illustrato da Audrey Wood

Traduzione di Simona Artanidi

Pubblicato da Child's Play (International) Ltd
© 1985 M. Twinn   ISBN 0-85753-574-6   Printed in Singapore

Mamma! Corri! Ho perso un dentino.

Oh, Matteo. E' meraviglioso!

Raccontami ancora una volta della fata del dente.

Ogni notte la fata del dente vola con il suo cesto di doni. Metti il tuo dentino sotto il cuscino e al suo posto troverai un tesoro...

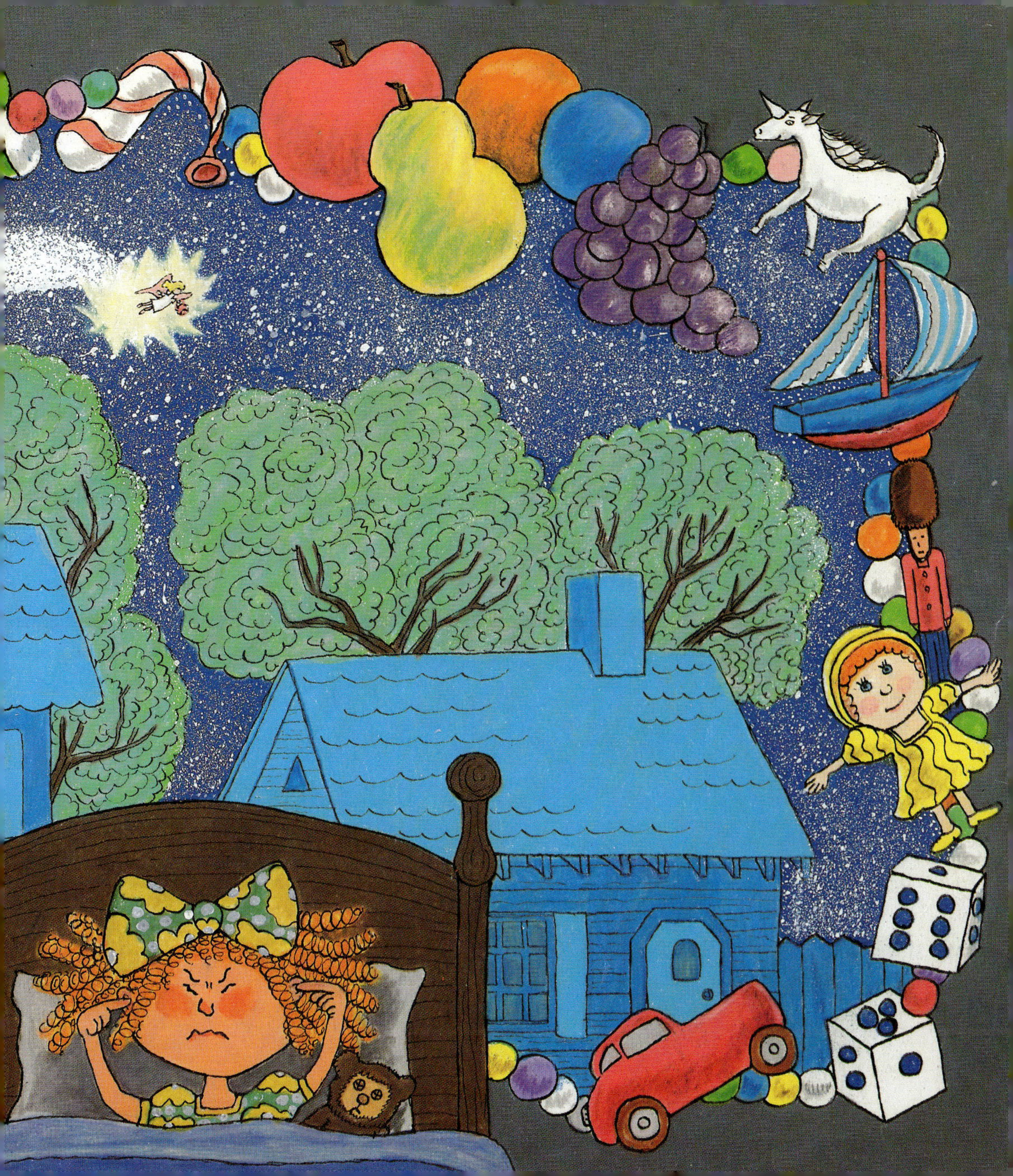

Buona notte piccoli
e sogni d'oro.

Non è giusto!
Voglio anch'io il tesoro.

E intendo prenderlo!

Ma Jessica... lo sai che la fata del dente non può lasciarti un tesoro se non perdi un dente.

Non preoccuparti della fata del dente.
Le dimostrerò chi è il capo.

Ahhh. Proprio quello che cercavo. Un chicco di grano.

Con un po' di vernice sembrerà un vero dente.

Questo la ingannerà.

Non funzionerà Jessica.

Notte, notte Matteo.

Jessica...svegliati!

Oh no! Sono rimpicciolita!

Svegliati Matteo. Anche tu ti sei rimpicciolito!

Jessica! Che cosa hai combinato?

Ciao bambini. Io sono la fata del dente.
Guardate che cosa ho trovato sotto i vostri cuscini.

Ha funzionato. La fata crede che il chicco sia un mio dente.

Perchè doni un tesoro in cambio dei denti?

Ve lo mostrerò. Stringete le mie mani e dite le parole magiche: «Chi perde un dente ...trova un tesoro!»

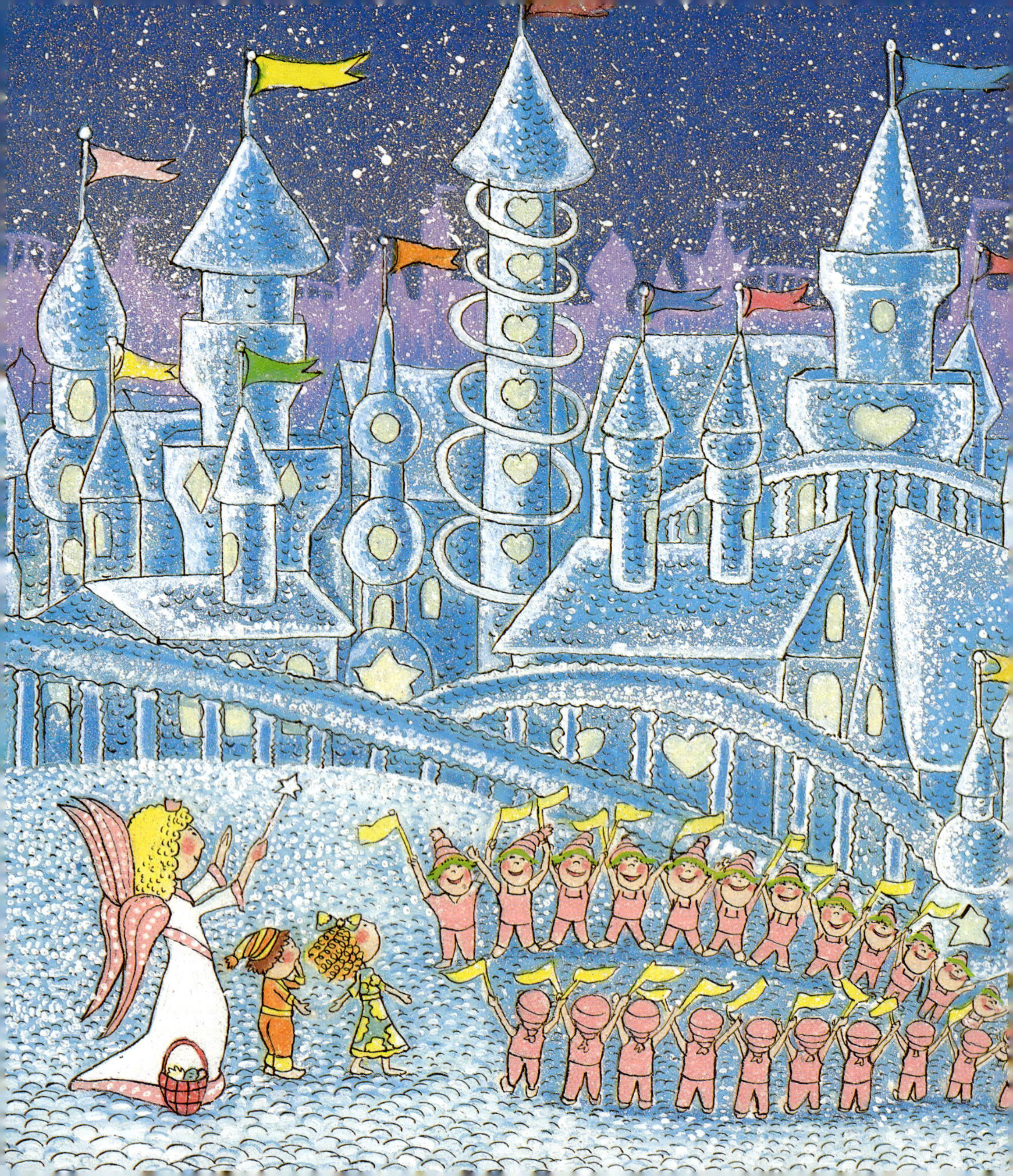

Benvenuti al
palazzo della fata del dente!

Ponti, torri, muri, tutti fatti con i denti.

Ogni notte,
gli elfi
costruiscono
ancora un pezzo.

Questa è la sala dei denti perfetti.
Qui stanno solo i più puliti e luccicanti.

Il mio dente perfetto!

Immagino che anche il mio dentino venga qui?

Vieni Jessica. Questo dente ha bisogno di una ritoccatina.

Tutti i denti gialli e sporchi devono andare nella miniera del dente.

Noi robot pulisci-denti
li mettiamo in un pentolone
di acqua bollente,
e li puliamo con forza fino a
quando non brillano come stelle.

Gulp!

Ora puliremo il dente di Jessica.

Din! Din! Din! Din!

Il tuo dente è falso.
Dobbiamo metterti
in prigione.

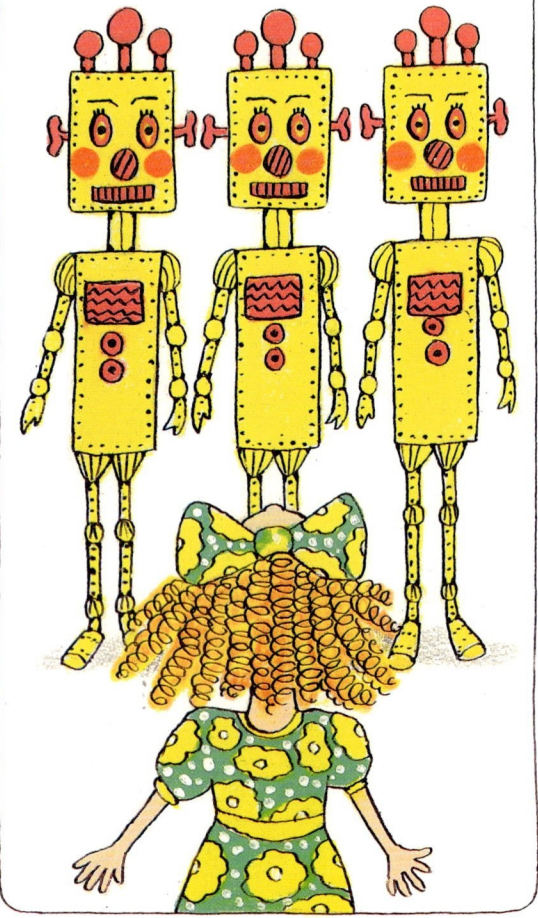

Svelti bambini. I robot non amano gli scherzi.

Coraggio! Qui sarai al sicuro!

Ora andiamo allo scivolo. Dovete tornare a casa.

Non avrei mai dovuto farlo.

Dai Jessica. Sono sicura che presto anche tu perderai un dente.

E tu lo prenderai in cambio del tesoro?

Naturalmente.

E lo metterai nella sala dei denti perfetti come quello di Matteo?

Lo saprò quando lo vedrò..
Arrivederci bambini.
Dite le parole magiche quando scenderete dallo scivolo.

CHI PERDE UN DENTE... TROVA UN TESORO!

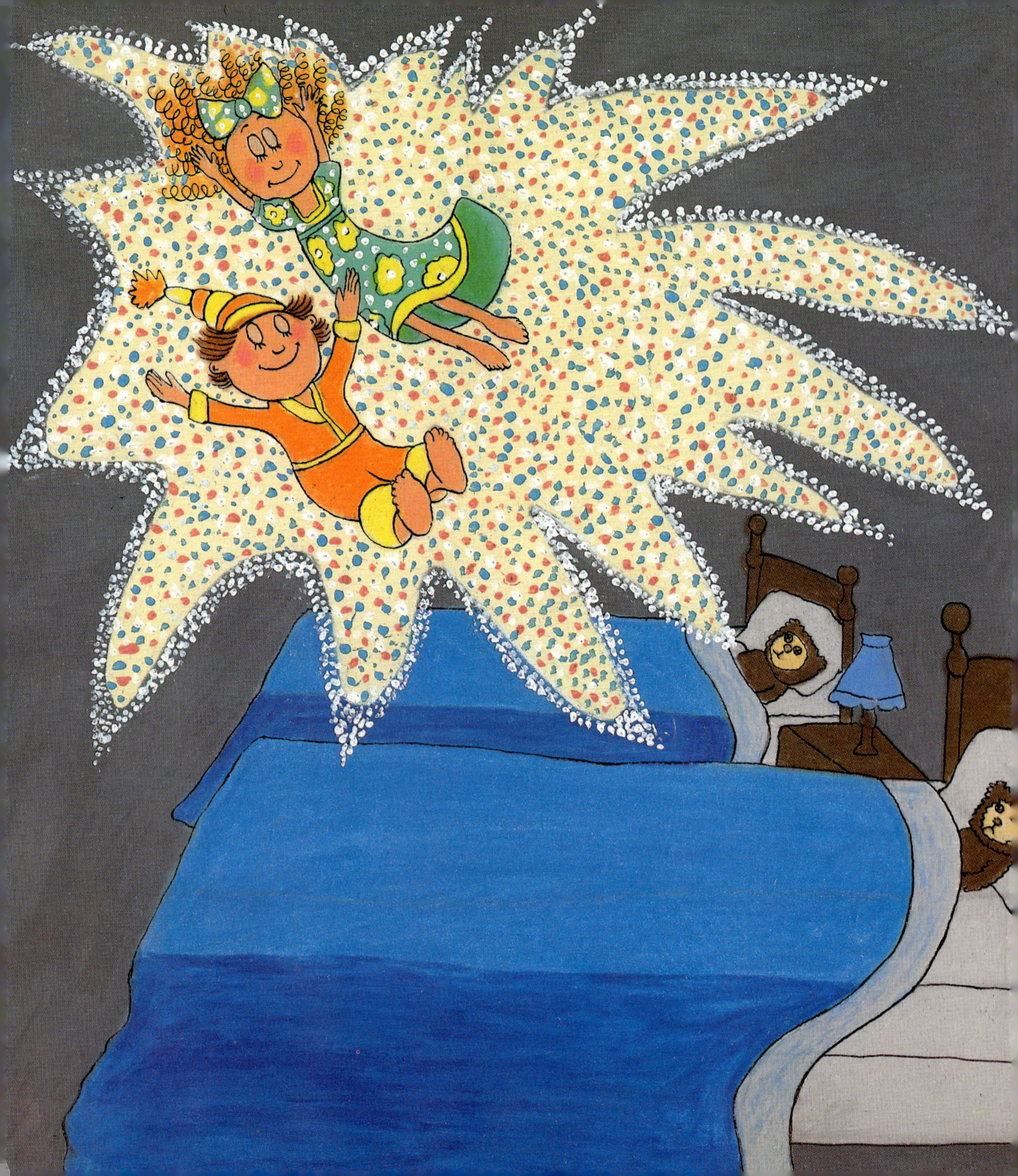

Jessica! Svegliati! E' mattina! La fata del dente mi ha lasciato dei doni.

Non essere triste. Eccoti un po' di mela.

CRUNCH!

Mamma! Corri!
Ho perso un dentino!

Devo raccontarti ancora una
volta della fata del dente?

No mamma, ora so tutto. Questo dentino andrà nella sala dei denti perfetti.